くろグミ団は名探偵　石弓の呪い

ユリアン・プレス 作・絵
大社玲子 訳

岩波書店

友人ガービ、ミカエルと、
かぎりなく協力してくれる
オピュウム（黒いジャーマン・シェパード）、
スミラ（猫）、
ウィスキー（ラブラドールの雑種）へ

FINDE DEN TÄTER
DER FLUCH DES SCHWARZEN SCHÜTZEN

by Julian Press

Copyright © 2006 by CBJ Verlag, München, a division of
Verlagsgruppe Random House GmbH, München, Germany.

First published 2006 by CBJ Verlag, München, a division of
Verlagsgruppe Random House GmbH, München, Germany.

This Japanese edition published 2016
by Iwanami Shoten, Publishers, Tokyo
by arrangement with CBJ Verlag, München, a division of
Verlagsgruppe Random House GmbH, München, Germany
through Meike Marx Literary Agency, Japan.

はじめに

　なかよしのフィリップ、フロー、カーロの3人は、いつも学校の帰り道に、ハト通り23番地のおかし屋によるのを楽しみにしています。お目当ては、甘草味のくろいグミ(ラクリッツ)。
　おかし屋の店主レオさんは、カーロのおじさんです。レオさんの弟のラース警部もよく来ますが、やっぱりくろいグミが大好き。
　でも、あまいおかしより、みんながもっと夢中になるものがありました。それは、なぞの事件です。
　5人は探偵グループ「くろグミ団」を結成しました。本部はレオさんの店の屋根裏。そこは、ハト通りにちなんで「ハトの心臓」と名づけられました。
　くろグミ団は、すでにいくつかの事件を解決にみちびいていて、その腕前は評判になっていました。

くろグミ団のなかまたち

フィリップ

いつもオウムのココをつれていて、鳥の鳴き声を聞き分けられる。根気強く、総合的な判断力にすぐれている。

カーロ

本名はカロライン。スポーツ万能で、電光石火のひらめきと、するどい勘の持ち主。

フロー

本名はフロレンティン。からだは小さいけれど、ばつぐんの観察力をほこる。

レオさん

おかし屋の店主。探偵団のリーダー格。

ラース警部

本職の刑事。コンピューターにつよい。

もくじ

ルビンシュタイン博士の遺言状
6

愛犬のゆくえ
38

川辺の手がかり
66

黒い石弓の呪い
94

ルビンシュタイン博士の遺言状

1　遺言状の公開

　エドヴィーネ・ルビンシュタイン博士が亡くなりました。人びとに深く尊敬されていた独身の婦人でした。
　博士の親せきが、公証人のシュテンゲルマン氏の事務所によばれ、集まっています。くろグミ団の３人の子どもたちも、とくべつに同席をゆるされました。なぜかって？　じつは、シュテンゲルマン氏は、レオさんの親しい友人でした。氏の個人的な計らいにより、若い探偵たちは、はじめて遺産相続に立ち会うチャンスをあたえられたのです。

　関係者が全員そろったところで、公証人は、ルビンシュタイン博士の肖像画にちらと目をやって、話しはじめました。
　「エドヴィーネ・ルビンシュタイン博士のご逝去という悲しいできごとにさいし、みなさまに心からお悔やみを申しあげます。本日は、財産の相続に関して明らかにするために、お集まりいただきました。しかし、残念ながら、遺言状を公開することはできません。なぜならば、故人自筆の文書が、まだ発見されていないからです！」
　部屋じゅうにどよめきが広がりました。期待を裏切られた親せきたちは、がっかりしたり、ふきげんになったりしました。
　「お察しいたします」と、公証人がなだめました。「状況がわかりしだい、あらためてみなさま方をおよびいたしましょう」
　「もう博士のものをとっちゃった人がいるみたい」と、カーロがフローに耳打ちしました。「もし博士が生きてるうちにもらったのでなければ、ずいぶんちゃっかりね！」

　問題▶▶カーロは、なんのことをいったのでしょう？

2　7通の手紙

　カーロは、ルビンシュタイン博士の肖像画にえがかれているブローチと、黒い服の女性が身につけているブローチに注目したのでした。その女性は、公証人の事務所にはいってきたとき、姪のエリ・コズロウスキだと自己紹介をしていました。

　「じつは、故人がみなさま方１人１人にあてて書かれた手紙を、わたくしがおあずかりしております。それをここで、おわたししたいと存じます。本日はそれをもって終了とし、エドヴィーネ・ルビンシュタイン博士の遺言状が見つかるのを待つことにいたしましょう」と、公証人がいいました。

　公証人はとなりの部屋へみんなを案内すると、封筒をつくえの上に広げ、配りはじめました。親せきたちはみな、もしかしたら自分に一大金運をさずけてくれる手紙がはいっているかもしれないと、わくわくしながら手をさしだしました。

　「おかしいな」と、フローがいいました。

問題▶▶フローは、なにに気がついたのでしょう？

3　なぞめいたメッセージ

「封筒をもらわなかった人が1人いるよ」と、フローがなかまたちにささやきました。それは、りっぱなひげを生やした男性でした。博士の従兄弟で、どうやら忘れられていたようです。

封筒をうけとった人たちは、さっそく開けてみました。けれども、なかにはいっていたのは紙切れ1枚だけでした。びりびりに引きさかれていて、文章の一部しか読めません。

「エドヴィーネ伯母さんらしいわ！　いつだって悪ふざけをするのがお好きだったから！」黒い髪の女性が、かっとなっていいました。

「おそらく故人は、紙の切れはしを全部つなぎあわせて、みなさまにメッセージを解読していただきたい、と考えられたのでしょう」と、公証人が慎重にのべました。

「そのメッセージがどんな内容か、知りたくないかい？」フィリップが、フローとカーロの耳もとでささやきました。

問題▶▶そのメッセージには、なんと書かれていたのでしょう？

品の中に3
れば あなた方は
　　どこにあるかが

つの品を さがしなさい。
　　　　わたしの

わたしの遺
　　そうす
遺言状が

ごこ
る親
ヴィーネ

ま
愛す
エド

ろを
せきの みなさんへ！
　　　ルビンシュタインより

わかるでしょう。
　　こめて！

4　ルビンシュタイン博士の家

「わたしの遺品の中に3つの品をさがしなさい。そうすればあなた方は わたしの遺言状が どこにあるかが わかるでしょう。まごころを こめて！ 愛する親せきのみなさんへ！ エドヴィーネ・ルビンシュタインより」フィリップは読みあげると、こまったように眉をひそめました。

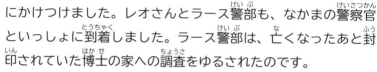

翌日の放課後、くろグミ団は、エドヴィーネ・ルビンシュタイン博士の家にかけつけました。レオさんとラース警部も、なかまの警察官といっしょに到着しました。ラース警部は、亡くなったあと封印されていた博士の家への調査をゆるされたのです。

「だれかが、すでにこの家にはいったにちがいないわ」カーロは、玄関ドアの鍵穴をふさいでいた貼り紙が、はぎとられているのに気づきました。

くろグミ団はなかにはいりました。すると、とつぜん、うしろでだれかがさけびました。

「エドヴィーネ、なんと愛すべき人だったことか！」

びっくりしてふりむくと、それはとなりの家の人でした。その人は自己紹介をして、探偵たちに1枚の写真をさしだしました。

「この写真は、3週間まえにここで撮ったものです」

「なにも変わってないね！」と、フローがいうと、

「なにもかもじゃないわ」と、カーロが反論しました。「少なくとも、2つのものがなくなってる！」

問題▶▶博士の家からは、なにがなくなっていたのでしょう？

12 - 13

5　画廊にて

「だれかが、たばこのパイプと、人形を持ちさったのよ！」カーロは、もう一度写真を注意深くながめたあとで、いいました。

「この人形、おそらくマイセン磁器だよ！」と、フローが鑑定意見をのべました。

しばらくすると、こんどはフィリップが、玄関ホールでなにかに目をとめました。

「ごらん！」と、なかまたちに大声でよびかけ、フィリップは壁紙の変色した部分を指さしました。「ここには、長方形の額ぶちが、かかっていたにちがいない！　4つの角に手のこんだ飾りがついてる額ぶちだ」

ラース警部とレオさんが指紋を採取できるかためしているあいだに、カーロは、プリンス通りのオットー・ローゼ画廊をたずねようと提案しました。

「もしぼくたちがここで、さっきの家から持ちだされた額ぶちを発見できたら、奇跡だね！」フィリップが、画廊のドアベルを鳴らしながらいいました。

探偵たちが額ぶちのことをたずねると、画廊の主人は答えました。

「少しまえに、わたしは、そのような額にはいっている絵を購入しましたよ。さあて、どこにかくれているものやら！」

「あった！」と、フィリップがさけびました。「あれが、きっとそれだと思います！」

問題▶▶フィリップは、どの絵のことをいったのでしょう？

6　まちがいのある絵

　フィリップは男性の肖像画を指さしました。それは、画架のうしろの床におかれていて、横長の風景画で半分かくれていました。

　「まちがいありません。その絵は、5日まえにわたしが買い取ったものです」画廊の主人はそういって、探偵たちに見せるために、その絵をだしてくれました。

　「この絵は価値があるものですか？」と、フローが質問しました。

　「はっきりいって、ありませんね。わたしは、ひどく安い値段で売ると申し出られたので、購入したまでです。この絵を描いたのは素人だってことは、たしかですね」と、画廊の主人は答えました。

　「そう聞いても、べつにおどろかないわ」と、カーロがいいました。「この絵には、明らかなまちがいがあるもの。ちゃんと観察してスケッチする画家なら、こんなふうには描かなかったはずよ！」

問題▶▶カーロの発見したまちがいとは、なんでしょう？

7　チョウのかたちのめがね

「ネクタイの縞柄を見て。広い部分と結び目では、ぜったいに同じ向きにはならないのよ！」と、カーロが説明しました。

「ほほお、それはおどろいた！」画廊の主人は、探偵たちがさらに絵を調べるのを、おもしろそうにながめました。

フィリップが額ぶちをうら返しにしてみると、おや、キャンバスと額ぶちのあいだに紙切れがはさまっています。引っぱりだし、折りたたんであった紙を開きました。

「この絵は、ルビンシュタイン博士が手紙で予告していた、3つの品の1つにちがいない！」と、フロー。3人は好奇心いっぱいで、紙切れに書いてあることを読もうとしました。ところが、それはなにかのメモの一部で、さっぱり意味がわかりません。フィリップは、画廊の主人にたのんでその紙切れをゆずってもらい、ポケットにおさめました。

「この絵を売りにきた人がどんな人だったか、おぼえていらっしゃいますか？」と、カーロがたずねました。

「金髪のご婦人でした。チョウのかたちをしためがねをかけていましてね、それがとても印象に残っています！」

くろグミ団は、画廊の主人にお礼をいって店を出ました。ラース警部とレオさんに報告をして、フィリップは発見した紙切れをわたしました。

そのあと子どもたちははらぺこだったので、星が丘デパートのカフェに寄ることにしました。デパートに足をふみいれたとき、フローの目が、画廊の主人がいっていたとおりの人をとらえました。

問題▶▶その人は、どこにいたのでしょう？

8　閉店まぎわに

「かけてもいいよ、あれが、ぼくたちのさがしている女だ！」フローはそういって、チョウのかたちのめがねをかけた女の人に、なかまたちの注意をむけさせました。その人は、とびらの開いているエレベーターに乗っていました。

「さあ、追っかけるんだ！」とさけんで、フローは売り場を走って横切りました。フィリップとカーロが、あとにしたがいました。

ところが、3人の鼻さきで、とびらがしまってしまいました。エレベーターは2階でとまりました。くろグミ団は2階をさがし、それから3階、4階もくまなくさがしましたが、チョウめがねの女は見当たりません。

ふたたびその人がすがたをあらわしたのは、デパートの閉店まぎわでした。

「見て、あそこにいる！」と、フローがさけんで指さしました。チョウめがねの女はお店のふくろをさげて、いそいで出口にむかっていました。

「なんでペンキなんか買ったんだろう？」フィリップがつぶやき、自問しました。ふくろに「ペイント　亜鉛ゼロ」と書いてあるのを見たのです。

「それをつきとめなきゃ！」と、カーロが応じました。

くろグミ団は、チョウめがねの女のあとを追いました。けれども、閉店時の混雑のなかで、見うしなってしまいました。

「ちぇっ、逃げられた！」と、フローがいらだちました。でも、フィリップがフローを落ちつかせました。女がどこに消えたかを見ていたからです。

問題▶▶チョウめがねの女は、どこにいたのでしょう？

9 ヨットハーバー

　チョウめがねの女は、タクシーに乗っていました。フィリップは、車の後部座席にふくろがおいてあるのを、見のがさなかったのです。
　探偵たちは追跡をするために、バスに乗りました。さいわいなことに、この時間帯の路線バスは、とぎれなくつぎつぎとやってきました。
　「あのタクシー、ヨットハーバーに行くよ！」タクシーのまがった角で、フローが小さな標識を指さしました。
　くろグミ団はつぎの停留所でバスをおり、ヨットハーバーまで 300 メー

トルほど、走ってもどりました。3 人はどうにかまにあって、チョウめがねの女が見知らぬ男と落ちあって、ヨットの格納庫にはいっていくのを目撃しました。探偵たちは少し距離をとって、ヨットのかげに身をひそめました。
　「やつら、あそこでなにをしてるんだろう？」フローが疑問をぶつけました。
　「わかったわ」と、カーロ。「あの 2 人、もう仕事はすんだみたい」

問題▶▶ 2 人は、なにをしたのでしょう？

10 亜麻の花通り82番地

　カーロは、あるヨットの名前が書きかえられているのに気がついたのです。じっさい2人が、ちょっとハケを動かしただけで、ツバメ号がカモメ号に変わっていたのでした。

　「でも、どうして名前をかきかえたんだろう？」と、フローが首をかしげました。

　「たぶん、あのヨットもルビンシュタイン博士のものだったのよ！　あの2人はぬすもうとしているんだわ！」と、カーロはいいました。

　カーロの推測はあたっていました。なぜなら、疑惑の2人は、カモメ号を夕やみにかくれて進水させ、それから、黒っぽい車で市内にもどっていったからです。

　「車のナンバーを見のがすな」と、フィリップがさけびました。「ナンバーをおぼえておけば、あの車がだれのものかわかるから」

　こうして探偵たちは、その車がエルヴィーン・クレーゼルという名前で登録されていることを、すぐにつきとめました。住所は、亜麻の花通り82番地です。

　つぎの日の朝、くろグミ団の子どもたちは、ラース警部とレオさんもいっしょに、その住所をたずねました。

　「ここに、エルヴィーン・クレーゼルという人は住んでないよ！」すべての郵便受けと表札をチェックしたあとで、フィリップが確信を持っていいました。

　「いいや」と、フローが反論しました。「見落としてるものがあるって！」

問題▶▶フローはなにを発見したのでしょう？

11　見えすいたごまかし

　フローは、駐車場に、あの車と同じナンバーが記された札が立っているのを見つけたのです。つまり、この駐車スペースは、エルヴィーン・クレーゼルの車のために契約されているということです。
　そのうちに、ラース警部は、もうひとつ入口があるのを発見しました。
　「開けてください！　警察です！」ラース警部が大きな声でよびかけ、真ちゅうのドアノッカーを何度もたたきました。
　「はい、ちょっとお待ちを！」と、なかから女性の声が聞こえました。
　ところが、ドアが開くまでに、くろグミ団はたっぷり4分も待たされました。ようやくあらわれたのは、子どもたちが前日ヨットハーバーまで追いかけた、チョウめがねの女その人でした。杖をついています。
　ラース警部が、身分証明書を見せるよう要求しました。くりかえしいわれて、女はしぶしぶ応じました。ノラ・シュティーグリツキ、それがチョウめがねの女の名前でした。
　「きのうの夕方、あなたはヨットハーバーにいたのを目撃されていますが、そこであなたは……」と、ラース警部が話しだすと、
　「とんでもない！　そんなところに、行けるわけないでしょう？」と、ノラ・シュティーグリツキは話をさえぎり、これが証拠だといわんばかりに、ギプスをつけた足をつきだしました。3日まえに左足を骨折して、それから一歩も外へ出ていないというのです。
　「まったく見えすいたごまかしだ！　この女はうそをついてる！」と、フィリップがラース警部の耳にささやきました。

問題▶▶フィリップは、なぜそう考えたのでしょう？

12　トムの地下酒場

　ノラ・シュティーグリツキは、左足を骨折しているといいながら、悪くない右足をかばうように、杖をついていたのです。ギプスの足がちっとも痛くないのは明らかです。くろグミ団は、ノラ・シュティーグリツキを見張ることにきめました。

　30分もたたないうちに、シュティーグリツキは2つの包みを持って、両足ですたすたと家を出ていきました。

　そしてタクシーをひろい、トムの地下酒場という店に乗りつけました。棺おけ職人通りにある、あやしげな酒場です。シュティーグリツキは、満員の酒場にいきおいよく、はいっていきました。

　「あの女、いったいなにをしにきたんだろう？」と、ラース警部はいぶかりながら、ドアを開けました。

　しかし、ノラ・シュティーグリツキはどこにも見あたりません。

　しばらくして、フローがさけびました。

「あそこにいる！」

　問題▶▶ノラ・シュティーグリツキは、どこにいたのでしょう？

13　広告欄さがし

　ノラ・シュティーグリツキは、地下酒場のとなりの部屋にいました。フローは、窓ガラスにうつる影で、ぴんときたのです！
　シュティーグリツキは、見知らぬ男と短い会話をし、お金をうけとると、包みをひとつ手わたしました。その男は包みを持って酒場にはいってくると、カウンターでウィスキーを1杯、注文しました。すぐさまラース警部が歩みより、話しかけました。
　「警察ですが、あなたが買いとったものを見せてもらえませんか？　盗品の可能性があるんでね」そういわれて男は、しぶしぶラース警部に包みをわたしました。開けてみると、ルビンシュタイン博士の家から消えていた、陶製の人形が出てきました。
　ラース警部とレオさんは、事情聴取のために、その男を警察に連行しました。

　店の外に出てようすをうかがっていたフィリップ、フロー、カーロは、ノラ・シュティーグリツキが裏口からすがたをあらわしたのを見のがしませんでした。女は電話ボックスにはいりました。フローは双眼鏡で、シュティーグリツキが新聞をとりだし、広告欄を見ながらプッシュホンの数字を押すのを見ました。しかし、こちらに背をむけていたので、9を1回、つづけて1を1回押したのが見えただけでした。電話は長くはかからず、女は新聞をおいて立ちさりました。
　くろグミ団は電話ボックスにかけこみ、広告欄を調べました。シュティーグリツキがだれに電話をかけたのか、カーロにはすぐにわかりました。

問題▶▶電話の相手は、だれだったのでしょう？

夕刊クーリエ

金曜

売ります・買います　　クーリエ掲示板

おばあちゃんの時代の家具一式
クリ色、格安で譲ります
Tel. 431 83 93

求む！カラーテレビ 100€まで
Tel. 457 82 97　　　　18時以降

愛好家向き飾り戸棚、クルミ材
化粧板
Tel. 0161 537 92 47

鉄道模型と自動車模型！
Tel. 728 94 32

求む、古いコイン！高額買い取り
Tel. 542 97 98

装身具 および 金歯
買い入れ 宝石商クローゼル
ルイーゼ通り 37 – Tel 92 73 78

求む切手、最高値お約束！
Tel. 514 81 73

お買い得！新品家具（小さなきず
あり）16時まで電話乞う
Tel. 531 24 89

求む！中古ピアノ、初心者練習用
連絡先　Tel. 593 26 52

プロの整理屋—不用品なんでも
キレイサッパリ片付けます！
Tel. 793 25 14

洗濯機あり。価格は交渉で
Tel. 435 61 82

相続された骨董品、古銭、古切手、
いつでも査定、買い取りを致します
事務所、遺品課　Tel. 713 24 81

極美！キリム・タペストリー
お安く譲ります。せせらぎ小径
el. 712 31 25

良い！しかも 安い！
新品の木製おもちゃ
工場から直販品
Tel. 621 41 54

求む、絵葉書。当方コレクター
5時〜19時まで　　Tel 672 54 27

動物ぬいぐるみ　高値買い取り
el. 834 21 62

求む、古書および絵画！
ご連絡お待ちします
アンドレーゼン骨董品店
城まえ広場 7
Tel. 347 45 17

新品同様高級家具！食卓、椅子6客
むくマホガニー材使用
Tel. 532 15 47

ドールハウス　格安で売ります
Tel. 632 21 41

引越し用の段ボール あります
Tel. 928 34 72

ペルシャじゅうたん、売ります
サイズ 1. 90 x 3. 10m
ダイヤル 92406

古いメリーゴーランドの木馬
売ります！
Tel. 643 21 81

テレフォンカード・コレクター　高額にて
買い取ります　Tel. 812 74 56

保存良好の古いオルゴール、
高価格買い取り 19時以降
Tel. 714 92 84

最高値のお取引はこちらへ！
よろず骨董品収集家
Tel. 429 13 57

タンス、ロッカー、事務机
（ガラス天板、脇引出し2段付）
連絡先 421 72 48

フロアランプと応接セット用
テーブル売ります　夕方18時以降
Tel. 713 82 35

求む　アコーディオン　Tel. 631 82 11

冷凍冷蔵庫　売ります
Tel. 512 41 78

折りたたみベッド　譲ります
Tel. 415 72 81

ガラスケース、ロッカー、デスク
買います　Tel. 538 17 82

エルツ山地産・古いおもちゃ、求む！
Tel. 512 79 42

求む、スイス製カッコウ時計、
パウルの独楽、13時まで
Tel. 671 21 41

求む、テディベア　Tel. 521 42 18

求む古い箱型時計、当方収集家
連絡先　　　　　Tel. 671 15 4

売りたし！食器、銀器の在庫品
Tel. 514 237 71

新品同様ランドセル 譲ります
Tel. 618 72 90

黒い帽子と毛皮襟巻き売ります
Tel. 542 78 94

学校図書館 文学書 格安で求む
Tel. 512 74 82

イヌの赤ちゃん3匹、血統書付き
譲ります　Tel. 311 24 51

状態よい児童書の寄贈お願い
ヤーコブとアニカまで
ご連絡下さい
Tel. 311 41 82

求む！良質の乗馬用長靴
Tel. 312 14 72

人形劇の道化（カスパー）役
探しています　Tel. 411 12 46

求む、地球儀　Tel. 418 27 39

ウサギ小屋　譲ります
18時　　　　　Tel. 521 83 76

砂場　格安で譲ります
Tel. 714 18 49

庭のあずまや　売ります。現地
引き取りのこと　Tel. 718 37 16

求むビーチ・チェアと子供用プール
連絡先　　　　　Tel. 792 95 69

新品同様 子供用ブランコ
売ります　　Tel. 984 67 5

絵画の交換と買い取り Tel. 72 63

陶磁器ドクター、人形や花瓶の
修理！　　Tel. 725 38 29

14　ボクシングの試合会場

「最高値のお取引はこちらへ！　よろず骨董品収集家 Tel. 429 13 57。さっきノラ・シュティーグリツキが電話をかけたのは、この番号にちがいないわ！」カーロはそういって、すぐさまその番号を押しました。

すると、受話器から自動応答の音声が聞こえました。電話がつながったのは、ベッポー・ボクシングアリーナでした。

「どういうこと？　とにかく、すぐ行きましょう！」カーロは、いっしょに聞き耳を立てていたなかまたちにいいました。

きっかり20分後、くろグミ団の子どもたちはボクシングの試合会場に到着しました。15時開始予定の試合まであと少しです。3人は、ノラ・シュティーグリツキが入場券を買って、観客の人ごみにまぎれるのを見ました。手には、もうひとつの包みを持っています。

くろグミ団はいそいでチケット売場の列にくわわり、シュティーグリツキのあとを追って、うす暗い観客席にはいりました。

会場内では、ボクシングリングだけが明るくてらされていて、観客席はよく見えません。それでもフィリップは目をこらして、ノラ・シュティーグリツキを発見しました！　すわったままでだれかに包みを手わたし、それと引きかえに、そっとお金をうけとっていました。

問題▶▶シュティーグリツキは、だれと取引をしたのでしょう？

15　ベッポー・ケーニヒの事務室で

「あのなかには、きっと、たばこのパイプがはいってるんだ！」フィリップは、小さな包みを持っている男を指さしました。その人はノラ・シュティーグリツキのななめまえ、つまり非常口のうしろから３列目にすわっていました。ノラ・シュティーグリツキはまもなく立ちさりました。

いっぽう男は、ボクシングの試合を最後まで観戦し、それからビルの上の階に通じる階段をギーギーきしませながら、上がっていきました。手には、まぎれもないルビンシュタイン博士の遺品のパイプを持っています。そして「部外者　入室禁止」と記されたドアを開け、部屋のなかに消えました。こっそりあとをつけてきたくろグミ団は、表札を見てびっくりしました。そこは、アリーナの所有者、ベッポー・ケーニヒの事務室だったのです。

フィリップがドアをノックすると、「どうぞ」という大きな声がして、ドアが開きました。

「やあ、くろグミ団じゃないか！」ベッポー・ケーニヒ氏が親しげに笑いかけ、思いがけない言葉で、子どもたちを部屋にむかえてくれました。

カーロはベッポー・ケーニヒ氏に、ルビンシュタイン博士の財産相続問題について話しました。すると、ベッポー・ケーニヒ氏はためらうことなく、くろグミ団に自分のパイプのコレクションを見せてくれました。フローは、この人が手に入れたばかりのパイプを、すぐに発見しました。

問題▶▶新しいパイプは、どこにあったのでしょう？

16　おどろきの大づめ

　ベッポー・ケーニヒ氏は、牛の首にかける鈴の下にかけてあるパイプを持ってくると、この貴重な一品を子どもたちに手わたしてくれました。くろグミ団は、こうしてルビンシュタイン博士の遺言状のなぞを解く3つ目の遺品を確保したのでした。

　くろグミ団はラース警部とレオさんに連絡し、その足で、ノラ・シュティーグリツキの家へむかいました。カーロはふと、外においてあるゴミ容器のふたが開いているのに気づきました。なかをのぞいてみると、おどろいたことに、金髪のかつらと、あのチョウめがねが捨てられているではありませんか。シュティーグリツキは、変装していたのです！

　ラース警部はドアをノックして、すぐに開けるよう命令しました。ゆっくりとドアが開き、くろグミ団のまえにあらわれたのは、なんと、エリ・コズロウスキ。そう、公証人の事務所で、ルビンシュタイン博士の姪だといっていた人でした！

　コズロウスキは、白状しました。おそらく自分には遺産の分け前はないだろうと思ったので、ノラ・シュティーグリツキという偽名を使い、伯母の家にいち早くしのびこんで、まえからほしかったブローチと、たまたまつくえの上においてあった絵画、陶製の人形、パイプの3つをいそいで持ちだし、さらにヨットもぬすんだと。

　そして、人形とパイプのなかにはいっていたという紙切れを2枚、無言でラース警部にわたしました。それを見て、ラース警部は上着のポケットから3枚目をとりだしました。フィリップが額ぶちのうらから見つけたものです。

　ついに、博士の3つの遺品から出てきた紙切れが、完全にそろいました。フィリップには、書かれているメッセージの内容がわかりました。

　問題▶▶メッセージには、なんと書かれていたのでしょう？

屋根人さがし 形のしな 裏部屋のかまどをさい！

愛犬のゆくえ

1 動物保護センター

「屋根裏部屋の 人形の かまどを さがしなさい！」メッセージはそう指示していました。かまどは、大きな置時計の左側の棚、じょうろのとなりにありました。フィリップはそのなかに、金貨と遺言状を発見したのでした。ルビンシュタイン博士のしかけたゲームは、こうして終わりをむかえました。

「いまいましい！ 公証人の事務所へ行ったあとに、あの絵を売ればよかったんだわ……そうしたら、額ぶちにかくされていた紙切れも見つけて、わたしが最初に秘密のメッセージを解読することができたのに！」エリ・コズロウスキは、警察署につれていかれたあとも、腹をたてていました。

「画廊の主人によれば、たしかにあの女は、あとでもう一度、欠けている紙切れをさがしに、画廊に来たそうだよ！」と、ラース警部がいいました。

「まあ、たとえ全文を解読できたとしても、あの女がなにも手に入れられなかったことには、変わりないんだがね」と、レオさん。「じつは、博士の遺言状には、全財産を市立の動物保護センターにゆずる、と書かれていたんだ。あの親せきたちの期待は、みごとはずれたってわけだな」

子どもたちはさっそく、動物保護センターにそのことを伝えに行きました。

「それは、なんてありがたいことでしょう！」施設長は、思いがけない知らせに大よろこびです。と、そのとき、男の人が話にわってはいりました。

「あの、犬をひきとりにきたんですが。黒いぶちが3つある犬です」

「あそこの奥にいる犬のことかしら？」と、カーロは笑いかけました。

問題▶▶さがしている犬は、どこにいたのでしょう？

2　予感的中

　カーロは、奥の茂みのかげにいる犬を指さしました。

　「そのとおり、あの犬です！」と、男は声をはずませました。

　「えーっと、あなたのお名前はフレッド・クルムビーゲル。お住まいはネコ坂13番地ですね」施設長が、見なれぬ男の身分証明書を注意深くながめていいました。

　男はひとことも返さず、その犬をつかまえて、来たときと同じように、すばやく立ちさりました。くろグミ団はふしぎに思いながら、男のうしろすがたを見送りました。

　「へんな男だったね」くろグミ団の本部、ハトの心臓にむかいながら、フィリップがいいました。

　「あの人、ほんとうにあの犬の飼い主だったのかしら？」と、カーロが疑わしそうにいいました。

　「もしかして、うそをついてるんじゃないか？」と、フィリップ。

　ペットショップのまえをとおりすぎたとき、フローは自分の目が信じられませんでした。

　「やられた！　フィリップのいうとおり、あの男はうそをついてたんだ」と、フローはさけびました。

問題▶▶フローは、なにに気がついたのでしょう？

3 アイスクリームを3つ！

　木にとめてあるビラのなかに、「たずね犬」と書かれているものがありました。フローは、そのビラの犬が、ついさっき動物保護センターからひきとられた、黒いぶちが3つある犬と同じであることに気がついたのです。
　「フィプスはどこに？　発見者に謝礼　エルフィ・ハーン　やぐら通り5番地　Tel. 0171……！」と、フローが大声で読みあげました。
　「またひとつ、わたしたちむきの事件ね！」と、カーロがいいました。
　くろグミ団は、すぐにひきかえしました。ネコ坂13番地のなぞの男、フレッド・クルムビーゲルを、自分たちの目でたしかめるためです。

　くろグミ団は、「カフェ天使」の屋上テラスに陣どりました。ここからだと、町がよく見わたせるからです。
　「生クリームをたっぷりそえた3色アイスを、3つおねがいします！」と、フィリップが、ウェイトレスによびかけました。
　「さてと、ネコ坂はどーこだ」フローは市街地図を広げて、いっしょうけんめいです。そのあいだに、フィリップは、肉眼でその通りを見つけました。が、とつぜん、はっとしていいました。
　「いま、はっきりわかったぞ！　フレッド・クルムビーゲルは、動物保護センターで、うその身分証明書を見せたんだ！」

問題▶▶フィリップは、なぜそう確信したのでしょう？

4　荒れ放題の空き地

　アイスクリームを食べたあと、3人はネコ坂13番地に店をかまえている花屋へ行きました。「フレッド・クルムビーゲルさんをごぞんじですか？」と、フィリップがたずねました。
　「いや、残念だが知らないな、子どもさん方！」と、やや太りぎみの店の主人オットー・ピュルケは、愛想よく答えました。「わたしはここでこの店をもう20年もやってるけれど、そんな名前には出くわしたことがないよ！」
　「ほかになにか、見落としていたことはないかな？」花屋をあとにしながら、フィリップがいいました。
　「へんよね、クルムビーゲルって、いったい何者なの？」と、カーロ。

　3人がハトの心臓で考えあぐねていると、天窓からココが飛びこんできました。くちばしになにかくわえています。
　「ココ、なにを持ってきてくれたんだい？」フィリップはそういいながら、友だちが運んできたおみやげをうけとりました。骨のかたちをしています。
　「おっ、犬用のビスケットだ！　ココ、どこで見つけたの？」
　ココはキーキー鳴いて、外へ飛びたちました。くろグミ団は、なだれるように階段をかけおり、ココのあとを追って、ハト通りを走りました。
　たどり着いたのは、荒れ放題の空き地でした。
　「こんなところでビスケットが見つかるの？」と、カーロ。
　それが、ほんとうにあったのです。ココが2つ目のビスケットにむかって急降下するより早く、フローはそのありかを見つけました。

問題▶▶犬用のビスケットは、どこにあったのでしょう？

5　あやしい人物

　フローは、イラクサのしげみにうもれている倒木のうろに、犬用のビスケットがいくつかあるのを見つけたのです。野良犬のために、だれかがおいたのでしょうか。
　「これ、罠だよ！」フローは近寄って、木にとりつけられた金網のふたを指さしました。
　「このつっかえ棒にさわったら、パタンとしまるんだね！」フィリップがつけくわえました。
　「いったい、だれがしかけたんだろう？」と、フロー。
　「さあね、ココは知ってるかもしれないけど」と、フィリップ。
　「たぶん、だれかが、ふたがパタンとしまるまで、待ちぶせしてるのよ。だとしたらその人、たったいまも、わたしたちを監視してるかもしれない」カーロはそういって、用心深くあたりを見まわしました。「いたわ！　あそこに、だれかかくれてる！」

問題▶▶その人は、どこにかくれていたのでしょう？

6 マッチ棒は語る

　カーロは、37番地の家の入口のかげに、黒いくつ先と、たばこのかすかな火を見つけ、そこに1人の男がひそんでいるとにらみました。
　「あれがフレッド・クルムビーゲルだとしても、ぼくはおどろかないよ！たしか、あんなくつをはいてたからね！」と、フィリップがいいました。
　ところが、くろグミ団がそこにかけつけたときには、問題の男は消えていました。
　「マッチ棒が2本、落ちてる！　たぶんあの男のものよ」カーロが、証拠物をひろいあげました。「1本は使われていないわ」
　マッチをすったときに折れてしまったので、投げすてたのでしょう。頭が白いマッチ棒は、あまり見たことがありません。もう1本のほうは、たばこに火をつけるのに使ったのか、黒くこげていました。
　くろグミ団はハトの心臓にもどり、引き出しからマッチ箱をごっそり、とりだしました。レオさんが、いろんな種類のマッチ箱を集めていたのです。
　「頭の白いマッチ棒さんは、いませんか？」と、フローが問いかけました。
　「ははあー、わかったぞ、このマッチ棒がどこのものか！」フィリップがさけびました。

問題▶▶そのマッチ棒は、どこのものだったのでしょう？

7 黒ヒョウ亭

　白い頭のついためずらしいマッチ棒は、「黒ヒョウ亭」という酒場のものにちがいありません。
　金曜日の午後、くろグミ団は、黒ヒョウ亭にむかいました。
「動物保護センターに来た男を見つけだせるかもしれないって考えると、わくわくするよ！」と、フローがいいました。
　けれども、店の窓ごしに目をこらしても、先っぽの黒いくつをはいた男は見あたりません。

「空ぶりだったね。きょうは来ていないようだ」と、フィリップ。すると、カーロが自信たっぷりにいいました。
「あら、どこを見てるの？　あの男は、ずっとあそこにいるわ。しかも、ずばり、フレッド・クルムビーゲルよ！」

問題▶▶クルムビーゲルは、どこにいたのでしょう？

8　インターネットで

　カーロは、カウンターのいちばん右のいすにすわっている男を指さしました。
　フローは双眼鏡をのぞき、フレッド・クルムビーゲルが、バーの主人からなにかのチケットをうけとるのを目撃しました。
　「入場券。5月13日　15時！」フローは、クルムビーゲルがチケットを上着のポケットに入れてしまうまえに、なかまたちに大声で伝えました。
　「やつは明日、どこに出かけるんだろう？」男が立ちあがり、裏口に消えたとき、フィリップがいいました。
　くろグミ団は、すぐにハトの心臓にもどりました。そしてインターネットで「イベント開催カレンダー」というウェブサイトをひらき、チケットの日時と合うものがないか、さがしはじめました。
　「わかったよ、明日、どこへ行けばあの男を見つけられるか！」と、フローが声をはずませていいました。

問題▶▶クルムビーゲルは、どのイベントに行くのでしょう？

● インターネット　● キーワード　● 説明　　　検索結果　1-29件

検索　　イベント開催　カレンダー

ミニゴルフ・コンペ　5月14日
集合　ドルフグラーベン 15番地
13:30　参加費　1.30 ユーロ

クラニヒベルグ　野外劇場
"森の城から来た15人の盗賊"
5月13日から 15日まで
開演 14:00～ 入場料 3 ユーロ
www.freilichtkranichberg.de

運河のちょうちん行列
集合　5月13日
ロバ橋　16:00
終了予定　23:00 ごろ
経費　少額ご負担下さい
www.lampionfahrt.de

大好評につき！
ゲスト出演《海賊マジシャン》
5月13日 18:00 開演　バラ劇場
ハンザ広場　www.zauberpirat.de

九九かけ算大会　石の門広場 3
5月14日 15:00 より　参加無料
入賞者にすてきな賞品！

子どもバレエ《踊る木靴》
演出―ギュスタフ・ヴィンテルシュタイン
ネルケンシュティーグ　第2スタジオ
ヴァチテル通り　角
5月14日 12:00 から 15:00

蚤の市　5月13日
午前 7:00から　噴水大通り
出店料　1平米あたり 1.50 ユーロ
販売終了　18:00

ベニテングタケ祭り　5月13日
くぼ地にて　15:30 開始
各種アトラクション予定
www.fliegenpilzfest.de

気球の旅―ミューラー草原から
出発！　5月13日 15:30
＊晴天に限り実施

現代美術展覧会　オープニング
5月13日 19:00 ギャラリー・
オットー・ロエヴエ プリンス通り 5

アンティーク時計のオークション
5月13日 12:00 開始
〈ガラスの家〉オランダ横丁 17

洗礼式
5月14日 15:00 より
パウリーヌ教会となり牧師館
ご連絡下さい　931 15 83！

ボウリング　5月13日より
週1回 19:00 より ホテル
『黒いブドウ』カササギ高原 23
www.schwarzetraube.de

切手交換会　会場/旧・肉屋
5月13日 14:30 から
www.briefm-boerse.as.de

タゲリ草原学校・自由参観日！
5月13日 13:30 から
大人も子供さんもどうぞ！
www.schulekika.de

5月13日は　福引大会！
レストラン『眠り姫』
カラス草原 14番地　14:00 から

読み聞かせの会　5月13日 15:30～
対象　6歳児以上
本の虫図書館

シェフのびっくり創作メニューと
フォークダンスの夕べ
5月13日 18:00
レストラン『森の狩人館』連絡先
Tel. 415 39 72 – www.zugruja.de

登山家　アロイス・ピッケハウゼン
講演会『わが生涯を語る』
5月13日 16:30～　タウンハウス
『エーデルヴァイス』入場無料

陶芸教室　5月13～15日
期間中　10:00～15:00
陶器工房『鉢かつぎ』
連絡先 Tel. 273 16 39

料理講習会　5月14日 15:00～
試食ディナー・飲み物付き
レストラン『金の火打石』

大ドッグ・ショー　5月13日
旧市場ホール　入口 D扉
入場　15:00～19:00
チケットは　会場の入場券売り場

市内廻り　5月13日　集合
船着き場3　最大参加人数 15名まで
問合せ/申込みは　Tel. 315 27 63

おもしろ企画！市内で宝探し！
ご参加お待ちします！
5月14日　マガモ池に集合 15:00
連絡先 Tel. 413 16 19

メルヘン公演　5月15日
16:00　がらくた劇場
ポンプ草原 15　www.flohki.de

テーマは風と海！美しい物語を
あなたも書いてみませんか？
〆切厳守　5月13日
最優秀賞は「赤い灯台亭」別室に
招待ステイ15日間！ www.roletur.de

馬車で廻る市内観光
5月14日 11:00 と 15:00
出発地点　ウマ市場 3番地

スポーツの祭典　陸上競技グランド
5月13日 14:00～　袋競争、
トランポリンと　徒競走

遠足日　シュナケンモール行き
5月15日 11:00
森番小屋『赤ずきんの家』集合

9　ドッグショー

　つぎの日、くろグミ団は、旧市場ホールに出かけました。そこでは、毎年恒例のドッグショーがひらかれることになっていたのです。

　「もう5分まえよ。あいつは、まだ来てないのかしら?」カーロがいいました。

　探偵たちは会場のなかにはいって、受賞した犬たちが紹介されるステージの正面に立ちました。

　開会のあいさつのすぐあと、列にならんでいた飼い主たちは、自分の犬といっしょに動きだしました。ところが、最初の犬がステージによばれるまえに、事件が発生したのです。人びとの目は、とつぜん悲鳴をあげた老婦人にむけられました。リードをにぎりしめていますが、犬はつながれていません。

　「たぶん、フレッド・クルムビーゲルのしわざね。あの人のリードを切って、犬をぬすんだのよ!」と、カーロがさけびました。「わたし、思いだしたわ。あの人の犬がどんなだったかを!」

問題▶▶どんな犬が、ぬすまれたのでしょう?

10　夕刊のニュース

　ドッグショーでぬすまれたのは、またしても、黒ぶちの犬でした。その純血種の犬は、首輪にひときわ目立つ大きなリボンをつけていました。
　「さあ、出口にいそげ！」と、フィリップがさけび、探偵たちはかけだしました。しかし、犬どろぼうはとっくに逃げたあとでした。
　犯人はいったい、どこへいったのでしょう。くろグミ団はハトの心臓にもどるしかありません。売店のまえをとおったとき、カーロはふと、はりだされていた夕刊に目をとめました。

　「またまた、犬どろぼうよ！」
　スーパーマーケットのまえで犬がぬすまれた、という記事に、ぴんときたのです。
　「犯人は、店の入口にリードを残していってる！」写真を念入りにながめてから、フローがいいました。
　「それだけじゃないよ！」と、フィリップがつけくわえました。「やつはあわてていて、その先のものも投げすてていったんだ！」

問題▶▶フィリップは、なにを見つけたのでしょう？

夕刊クーリエ

86年度認可　＜夕刊＞　政治・経済・文化・ローカルニュース

イヌの盗難 相次ぐ！

タルハイム—最近、市内ではなぜか飼いイヌの盗難がたびたび起きている。その警戒の厳しい…

人目の多いスーパーマーケット前で白昼堂々盗難が繰り返された。ある買い物客がイヌを入り口近くにつないで店内に入ったほんの十…

11　ヘルクレス、さらわれる

　3人は、犯行現場のスーパーマーケットに急行しました。
　「まだ、ここにあるわ！」カーロは、大きなごみ容器の下に落ちている首輪を指さしました。
　首輪についている鑑札をたよりに、くろグミ団は、ぬすまれた犬の飼い主をたずねました。飼い主の女性は、犬の盗難被害について、すでに警察に届けを出してました。ぬすまれたのは、またしても黒ぶちの純血種でした。
　「わたしたち、なにがなんでも、犬どろぼうをやめさせなくっちゃ！」と、カーロがいいました。

　そのあと、くろグミ団が、ちょうどスズメバチ坂を歩いていたときです。
　「いまのはなんだ？」と、フィリップがいいました。だれかの悲鳴が聞こえたのです。
　「早く、いっしょに来て。あっちのほうだよ！」フローが走りだしました。
　「助けて！　だれかが、わたしの犬をつれていったの！」女の人がさけんでいます。その人は自宅の窓から、愛犬のヘルクレスがさらわれるところを見たのでした。きけば、そのヘルクレスも黒ぶちの純血種だといいます。
　「へんだなあ」と、フィリップがふしぎがりました。「黒ぶちの犬ばっかりぬすまれるなんて。なぞだ……」
　「ひょっとして」と、カーロがさえぎりました。「黒ぶちの犬を、なにかの実験所に送りこんでいる、なんてことは考えられない？」
　そのときカーロの視界のはしに、いっしゅん、犬をかかえて逃げる人が見えました。

問題▶▶その人物は、どこにいるでしょう？

12　ルイーゼ通りでの追跡

　黒ぶちの犬をかかえたうさんくさい男は、ちょうどルイーゼ通りへまがっていくところでした。フレッド・クルムビーゲル以外の何者でもありません。
　くろグミ団はあとを追いかけましたが、男はふいに、見えなくなってしまいました。
　「大地にのまれたみたいに、消えちゃった！」カーロはうめき声をあげました。
　くろグミ団はとほうにくれて、歩行者天国のにぎわいをながめるしかありません。

　しばらくたってから、フローが軽く口笛を吹きました。
　「おやおや、やつがまたあらわれたぞ。でも、今度は犬なしだ！」
　フローは、腕時計にちらりと目をやりました。フレッド・クルムビーゲルがすがたを消してからふたたびあらわれるまでに、きっかり32分が経過しています。
　「いままで、いったいどこにいたんだろう？」

　問題▶▶クルムビーゲルは、32分間、どこにいたのでしょう？

13　ヘアサロン・黄金のハサミ

「やつは、ついさっきまで、髪をカットしに行ってたんだ！」フィリップが携帯電話でラース警部とレオさんに連絡をしているよこで、フローがさけびました。髪の毛をそり落としていたにもかかわらず、フローは、「カフェ・バッタ」にいる男がだれだか、わかったのです。

ラース警部とレオさんが到着しました。男を捕らえて連行し、取り調べるためです。フレッド・クルムビーゲルははげしく抵抗し、犬どろぼうの容疑に関しては、まったく身に覚えがないと、みとめませんでした。

「ぼくたち、やつがどこの店にいたのか、さがしださなきゃいけないよ」フィリップは、フローとカーロにいいました。3人はあたりの店を見てまわりました。

くろグミ団が、なにげなく「ヘアサロン・黄金のハサミ」をのぞいたとき、得意の勘がはたらきました。3人はふつうのお客をよそおって、店にはいりました。

「カット代は、おいくらですか？」フローが店のマダムにききました。
「内容しだいよ、坊っちゃん！　シャンプーつき？　それともカットだけ？」と、マダムがレジのうしろで答えました。
「あの……犬の毛も刈ってもらえませんか？」フィリップがたずねると、マダムの表情がいっしゅん、暗くなりました。
「いいえ、このサロンに動物は、はいれないのよ」マダムは疑うような目つきで、3人をじろりと見ました。
「この人、まことしやかなうそをついてる！」フィリップは、フローとカーロに、そっとささやきました。

問題▶▶フィリップは、なぜそういったのでしょう？

14 ドアのむこうに

　フィリップは、秘密ありげな「入室お断り」のドアのまえに、見覚えのある犬用のビスケットがころがっているのに、気がついたのでした。
　「あのなかに、なにがあるのだろう？」と、フローがつぶやきました。
　「シャンプーつきでお願いします！」フィリップが態度をきめ、背もたれのあるいすに腰かけました。
　マダムは足でペダルをふんで、いすが少し高くなるようにしました。まずシャンプーをすませ、くしとはさみをにぎりました。フィリップとカーロは、3人のうち1人がいなくなっていることに感づかれないよう、カットのあいだも、たえずマダムに話しかけつづけました。
　フローは、秘密ありげなドアをそっと開けて、長く暗い廊下をしのび足で歩いていきました。奥から、犬の悲しげなクーンクーンという声や、騒々しい吠え声が聞こえてきます。
　「なるほど、ここは犬の実験室だ！」フローは薬剤の包みがあるのに目をとめて、推測しました。
　フローは、ぬすまれた黒ぶちの犬たちを発見しました。ほかにも知らない犬が何びきかいます。犬たちは、おりに入れられていましたが、ひとつだけ空っぽのおりがありました。フローはこのおりからぬけだした犬を、このゴチャゴチャのなかから、すぐに見つけました。
　「これで、事件は解決だ！」フローは、フィリップとカーロに、早く見たことを報告しようときめました。

問題▶▶おりをぬけだした犬は、どこにいたのでしょう？

川辺の手がかり

1 夜中の物音

　その犬は、カーテンのうしろにかくれていました。フローは、ヘアサロンのマダムを現場ですぐ逮捕できるように、ラース警部とレオさんに連絡してから、そっと店にもどりました。

　夕方、早くも「ヘアサロンの動物実験室を強制捜査」というニュースがながれました。くろグミ団は、レオさんの車のラジオで、そのニュースを聞いたのでした。
　家へ帰るとちゅう、車は、タカ谷の川をわたりました。ちょうど橋にさしかかったときです。
　「いまの音はなんだ？」と、フィリップがいいました。バシャッという音が聞こえたような気がしたのです。レオさんが車道のわきに車をとめ、探偵たちは、急な坂をかけおりました。
　「しっ、しずかに！」と、フィリップが小声でいって、耳をすませました。遠くに馬のひづめの音が聞こえます。
　「宵闇の　川辺馬ゆく　旅人か？」と、フローがちゃかしました。
　「ちがうと思う！」と、フィリップが答えました。
　川岸に、馬車がつけたわだちと、ひづめのあとが、月明かりにてらされてはっきりと見えます。それでもなおフィリップは、バシャッという音の原因にこだわっていました。
　「わかった、馬車の御者がなにかを水に落としたんだ！　ぼくについてきて」

問題▶▶フィリップは、なにを発見したのでしょう？

2　家畜の市で

　フィリップは、大きな樽に気がついたのです。それは、橋の下、アシの茂みのあいだに浮いていました。
　くろグミ団は協力して、その樽を川岸に引きあげました。なにかはいっているようです。そこで、樽の中身を検査するため、すぐに化学試験所に運びました。

　翌日の朝、検査の結果が出て、樽のなかには毒物がはいっていたことがわかりました。
　「環境汚染の事件だわ！」と、カーロがひたいにしわを寄せました。
　「わかったのは、それだけじゃないんだよ」と、フィリップ。「きのうラース警部が推測したとおり、川辺のひづめのあとから、あそこをとおった馬は、左のうしろ足の蹄鉄が半分欠けてることも、わかったんだ！」
　「なら、その馬を見つけなくちゃ！」と、フローがはりきっていいました。
　「つぎの日曜日には、家畜の市がひらかれるわ。そこへ行ってみるっていうのは、どうかしら？」と、カーロが提案しました。

　当日、くろグミ団は、それぞれ朝の6時に目覚まし時計を鳴らして出動しました。早めに行って、お目当ての馬をさがしたいと思ったからです。
　「わたしたち、ついてるわ。もう見つけたわよ！」市に着くなりカーロはそういって、フィリップとフローにウィンクしました。

問題▶▶さがしていた馬は、どこにいたのでしょう？

3　小雨のなかの観察

　カーロは、問題の馬車馬に気づきました。その馬は、左のうしろ足の蹄鉄が半分欠けており、ちょうどエミール・ハンゼンのカイウサギのスタンドのそばを、とおりすぎていくところでした。
　くろグミ団はすぐに追いかけましたが、馬車は思ったより速いスピードで、市場通りのほうにまがって、見えなくなってしまいました。
　「ちくしょう、逃げられた！」と、フィリップはがっかりしていいました。馬をあやつる御者はレインコートのフードをかぶっていたので、くろグミ団は人相をたしかめることさえできませんでした。記憶に残ったのは、荷車にのっていた黒い水玉もようの傘ぐらいです。

　つぎの週は、ずっと小雨がふりつづいていたので、フィリップ、フロー、カーロの３人は、放課後も町中ですごしました。水曜日の午後、待ちあわせ場所のユリウス・ペルニー書店のまえで、フローがさけびました。
　「ちょっと見て！　むこう側のあそこ！」フローは興奮して、指さしました。

問題▶▶フローは、どこに目をとめたのでしょう？

4　クローネンビールの工場で

　フローは、黒い水玉もようの傘をさした人が、ちょうどビール工場の入口にはいっていくのを、目にしたのです。

　くろグミ団は、横断歩道をわたり、クローネンビールの工場へかけつけました。けれども、黒い水玉もようの傘の男は見あたりません。

　「いったい、どこに消えたんだろう？」フィリップが、がっかりしていいました。

　3人は、ビール工場に足をふみいれました。機械が大きな音をたて、ベルトコンベヤーの上では、ビールびんがガチャガチャ鳴っています。大きなタンクや装置が、たくさんの管でつながれていました。

　　「ここには、いないね」フローはそういって、出ていこうとしました。そのとき、カーロがフローの腕をとって引きよせました。

　「待って、むこうにだれかいるわ！」

問題▶▶カーロは、なにに気づいたのでしょう？

5　めずらしい葉っぱ

　カーロは、ベルトコンベヤーのうしろに動く、人の手に気がついたのです。その手は、ビールがいっぱいになったびんをつかんでいるところでした。
　探偵たちが用心深く近づくと、目のまえにあらわれたのは、ビール工場の所有者オットー・ヴァイチェンバッハ氏でした。
　「わんぱくさんたち、いったいここに、なんの用かい？」ヴァイチェンバッハ氏は、子どもたちにほほえみかけました。
　くろグミ団は自己紹介をして、あやしい樽のできごとについて話しました。
　「そいつはほんとうかい？　じつはひと月ほどまえ、それと同じビール樽がぬすまれたんだよ」と、ヴァイチェンバッハ氏はおどろいていいました。
　「おそらく、ここから運びだされたんでしょう」フィリップはそういって、貯蔵庫にある似たような樽に目を走らせました。

　3人が工場を立ちさろうとしたときでした。
　「ちょっと待って」フィリップが石畳を指さし、1枚の落ち葉をひろいあげました。「あんまり見たことがないけど、なんの葉っぱだろう？　表面がつるつるしてる」
　くろグミ団は、その葉っぱをハトの心臓に持ちかえり、さっそく植物図鑑で調べました。
　「あったぞ！」フィリップが歓声をあげました。

問題▶▶それは、なんの葉っぱだったのでしょう？

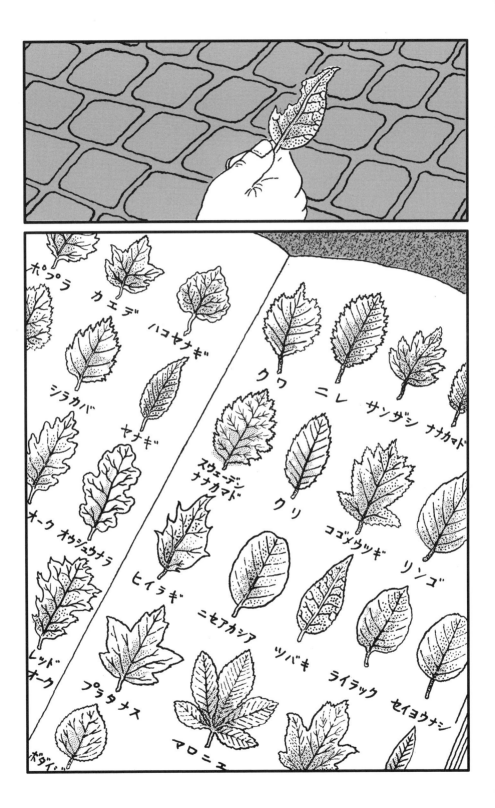

6　無愛想な自転車屋

「ツバキの葉。でも、へんだなあ……」そういって、フィリップは説明を読みあげました。「ツバキは外国産の樹木で、寒さに弱いため、この国の気候風土ではまれにしか見られない」

「じゃあ、どうしてあそこに落ちてたんだろう？」と、フロー。

「ビール工場の敷地には、ツバキの木なんてなかったわ」と、カーロがいいました。「でも、きのうも今日も雨だから、だれかがこの葉っぱをくつ底にくっつけてきて、たまたま工場の入口ではがれ落ちたって、考えられない？」

つぎの日の午後、カーロは、フィリップとフローの顔を見たとたん、いきおいよく話しだしました。

「おどろかないでよ！　うちのおじいちゃん、この近くでどこにツバキの木があるか、知ってたの」

カーロは、かつて石炭商のマイヤー社があった場所に、フィリップとフローを案内しました。中庭に、1本の巨大なツバキの木が立っていました。

中庭のはしにはバラック小屋がありました。「自転車修理工場」という看板が出ています。探偵たちが近づくと、とびらが開いて、無愛想な顔をした男があらわれました。

「自転車修理工場だなんて、あやしいわ」と、カーロがささやきました。

問題▶▶カーロはなにを見て、そういったのでしょう？

7　へんてこな収集品

「なんで、そう思うの？」と、フローがきくと、

「あの自転車のライト、ハンドルじゃなくて、下の軸のところについてるでしょ。あれじゃ、カーブでハンドルを切ったときに自分の進む方向をてらしてくれないわ。ね、おかしいでしょ」と、カーロが冷静に考えをいいました。フィリップとフローは感心して、カーロを肩をたたきました。

「おまえたち、なんの用だ！」とつぜん、自称自転車屋がどなり声をあげ、子どもたちのまえに立ちはだかりました。

くろグミ団は、さっと引っこみましたが、そのあとも用心深く、ガラクタのおかれている中庭を見てまわりました。

「ずいぶんと、いろんなものを集めるしゅみがあるんだね」と、フローがささやきました。「危険物まであるよ！」

問題▶▶フローは、なにに気がついたのでしょう？

8　タイヤのパンク

　毒物を示すドクロマークのついた缶が、物置の入口の左手前におかれていることを、フローがなかまたちに教えました。
　「これは、やっかいなことになってきたぞ」フィリップはそういって、すぐに、ラース警部とレオさんに連絡しました。

　つぎの日の朝、くろグミ団は自転車修理工場を双眼鏡で偵察しはじめました。自転車屋がトラックにあれこれと荷物を積みこんでいます。
　「やつは、こっそり運送業を営んでいるというわけだな！」レオさんはそう確信して、時計を見ました。きっかり23分後、自転車屋はすべての荷物をトラックの荷台に積みおえました。
　「いったい、どこに運んでいくのかしら？」と、カーロ。
　「よし、あとをつけよう」と、ラース警部が提案しました。ところが、よりによって、ラース警部の車のエンジンがかからないというトラブルがおきました。トラックに乗った自転車屋は、ゆうゆうと走りさっていきました。

　警察からべつの車を手配してもらって、くろグミ団が出発したのは、それから10分後でした。幹線道路を走っていると、故障車が目にとまりました。
　「あのトラックだ！　タイヤがパンクしてる」と、フローがさけびました。
　ラース警部が、型どおりに運転免許証の提示をもとめているあいだに、フィリップは、積荷のひとつがなくなっていることに気がつきました。

問題▶▶なくなっていたのは、なんでしょう？

9 ポニーのみぞ知る

「ところでおたく、小さなふくろを、どこへおいてきたんだね?」フィリップの発見をきいて、レオさんが自転車屋にたずねました。

「いったい、なんなんですか?」自転車屋は、つっけんどんにいいました。「ふくろ? あんた方がなんのことをいってるのか、さっぱりわからん!」

「とぼけるんじゃない」と、レオさんがいいかえしました。「出発まえ、あんたは、ちゃんとトラックに積んでたじゃないか!」

「いまここにないってことは、とちゅうでおろしたか、それとも投げすててしまったか、どっちなの?」カーロも問いつめましたが、むだでした。

「しかたない、みんなでさがすとするか」と、レオさんが提案しました。

くろグミ団は、トラックが通ってきたルートを引きかえしました。ラース警部は速度を落としたり、何度も路肩に車をとめたりしましたが、小さいふくろを見つけることは、ほとんど不可能でした。

七転び八起き! くろグミ団はポニーのいる農場のわきに車をとめ、いま一度あたりを見まわしました。そろそろ車にもどろうというとき、カーロがさけびました。

「わたし、見つけちゃった。あそこにあるわ!」

問題▶▶ふくろは、どこにあったのでしょう?

10　ガガンボ沼で

　カーロは、倒木のうろのなかに、ふくろを見つけたのです。開けてみると、明るい色の粉がはいっていました。
　「あの男を取り調べるには、じゅうぶんな証拠だ」と、ラース警部がいいました。

　その日の午後のうちに、ラース警部は、化学試験所から粉の検査結果をうけとりました。

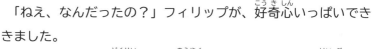

　「ねえ、なんだったの？」フィリップが、好奇心いっぱいできききました。
　「明らかに、強い毒性のある農薬だった」と、ラース警部が答えました。「察するに、あの男はこっそり運送屋としてはたらきながら、いいかげんなやり方で廃棄物の処理をしている。それで荒かせぎをしているんだろう」
　「われわれは、そういう目で、このあたりの環境をよく調べたほうがよさそうだな」と、レオさんが提案しました。
　くろグミ団はさっそく出かけ、まず、近くにあるガガンボ沼に立ちよりました。自然保護地域にも指定されている、人気のハイキングコースです。
　「なんてすてきな、ながめかしら！」と、カーロ。
　「もしここに、こんなにごみが捨てられてなければ、最高なのに」と、フローがうんざりしていいました。

問題▶▶フローは、ごみをいくつ見つけたのでしょう？

11　自転車屋は運送屋

　油がたれながしになっている容器、口の開いたペンキの缶、われたびん、飲みすてられたジュースの缶、へこんだタイヤ。5つのごみが、ガガンボ沼をよごしていました。

　「百歩ゆずっても、ぜんぶをあの自転車屋のしわざと、きめつけるわけにはいかないがね」と、レオさんがいいました「しかし、もう一度、やつを問いつめるだけのことはある！」

　「またあんた方か。今度は、いったいなんの用だ」くろグミ団が自転車修理工場にあらわれたとき、自転車屋はかみつくように、どなりました。

　「おたくがなくした小さなふくろを返しに来たのです。なかに有毒な農薬がはいってましたよ。おどろきましたか？」と、レオさんがたずねると、自転車屋の顔がくもりました。

　「はいってもいいですか？」ラース警部が自転車屋の事務室にふみこんで、いいました。「あなた、本業は運送屋ではありませんか？」

　「じょうだんじゃないっすよ！」と、自転車屋は大声を出しました。「あんた方は、いったい、なにがいいたいんだ？」

　「タカ谷の川で毒物のはいった樽を捨てたことについても、知らないというのかね？　ついでにいうと、あの樽は、クローネンビールの工場からぬすまれたものだということがわかっている」と、レオさんがつめ寄りました。

　「そんなビール工場、聞いたこともない！」自転車屋はいらだちました。

　「うそつき！」と、フィリップが小声でいいました。

問題▶▶フィリップは、なぜそういったのでしょう？

12　庭つきコテージへ

　フィリップはテーブルの上にある、クローネンビールのコースターに目をとめたのです。
　「あなたはもう、いいのがれできないんですよ！」と、ラース警部。
　「われわれはこれから、おたくがビール工場とどんな関係があるのか、調べなきゃならん」と、レオさん。
　「関係なんか、あるわけないだろ！」自転車屋は、はげしい調子でいいました。「弁護士の立ち合いがなけりゃ、もうこれ以上はおことわりだ」
　しかし、なぞ解きには、そう長くはかかりませんでした。ぐうぜん、ひとりの女性が事務室にとびこんできたのです。
　「あら失礼、わたし、あとでまた来ます」女性は小声でいって、すぐに引きかえそうとしました。
　「どうか、少し話をきかせてください、マダム」ラース警部が、すわるようにうながしました。女性の名前は、ロッテ・ペッファーコーン。きけば、自転車屋の婚約者だといいます。しかも、おどろいたことに、クローネンビール工場の秘書でした。
　「はっ、こうつながるとは！」レオさんは息をのみました。「急展開だ」

　ラース警部とレオさんが、取り調べのため運送屋を連行しているあいだに、婚約者は事務室から立ちさりました。子どもたちが気づかれないようにあとをつけていくと、ペッファーコーンは、庭つきのコテージがならぶ町はずれの団地にはいっていきました。
　「あそこに消えたぞ。よりによって、ごみ屋敷だ」と、フローがいいました。

問題▶▶ペッファーコーンのコテージはどれでしょう？

13　カーロの発見

　フローは、ロッテ・ペッファーコーンが12番のコテージにはいっていくのを見たのでした。くろグミ団は、用心深く、建物にしのび寄りました。
　「ちょっと、あんたたち、なにかぎまわってるの？　ここには、あんたたちの落し物なんか、ないわよ」ロッテ・ペッファーコーンが3人に気がついて、どなりました。
　「ちゃんと話したほうがご自分のためですよ。あなたもこの事件に関わってるんでしょ？」と、フィリップがゆさぶりをかけました。
　「めんどうな話は、まっぴらごめんだね！　そもそも、なんの事件なのさ？」ペッファーコーンがとげとげしい調子でいいました。
　「なにか、やましいことがあるみたいだね」と、フローがささやきました。
　そのとき、コテージのなかを見まわしていたカーロの視線がとまりました。りくつに合わないものを見て、カーロは首をかしげました。
　「フローのいうとおりだわ」カーロはロッテ・ペッファーコーンのほうをふりかえりました。「ここには、ひどく不自然なものがあるわ、ペッファーコーンさん。あなたは職業柄、それをよく知っているはずよ」

問題▶▶カーロは、なんのことをいっているのでしょう？

14 不審な男

「ビール樽なんだから、ビールがはいってるに、きまってるじゃない！」ロッテ・ペッファーコーンは声をあらげました。

「ふつうだったら、注ぎ口って、樽のいちばん下についてますよね？」と、カーロがやりかえしました。フローとフィリップは、感心してカーロを見つめました。

「さっさと出ておゆき！　わたしをこれ以上、怒らせないでちょうだい！」ロッテ・ペッファーコーンは、いすから立ち上がり、樽のまえに立って、子どもたちを手で追いはらおうとしました。ところが、足がぶつかったはずみに樽がたおれ、上ぶたがはずれました。こぼれだしたのはビールではなく、なんと、大量のお札です！

「あのあやしい運送屋が手に入れた、不正なお金にちがいない！」フィリップが目を丸くしました。

「わたしは、なんの関わりもありませんからね！」と、ロッテ・ペッファーコーンは、顔を赤くしていいました。

フィリップは庭に出て、すぐにラース警部とレオさんに連絡しました。

「ねえ、あそこのかげに、へんな男がいるよ！」と、フローが指さしました。少しはなれた場所から、だれかがこちらのようすをうかがっていたのです。けれども見つかったとたん、その男は大あわてで車に乗って走りさりました。

「ぼく、どこにいても、あいつを見分けられるよ！」と、フローは自信ありげにいいました。そしてまもなく、にぎやかな町中で、じっさいにその男を見つけ出したのでした。

問題▶▶その男は、どこにいたのでしょう？

黒い石弓の呪い

1 不安な一夜

　フローは、左右のかかとの高さがちがうくつをはいていたあの男が、プラカードのうしろに立っているのを、見つけたのでした。
　ロッテ・ペッファーコーンは罪をみとめました。その結果、婚約者の運送屋はもちろん、不審な男も、つぎつぎに逮捕されました。不審な男は化学薬品工場の責任者で、工場から出る有毒なごみを不法に捨てさせるために、運送屋にたくさんのお金を支払っていたのです。

　こうして事件はすっきり解決し、くろグミ団の子どもたちは、ごほうびの旅行に行かせてもらえることになりました。目的地は、サン・ポルダヴィーンという、古くから侯爵の領地である小さな都市です。3人は有名な春の祭りに合わせて、旅行を計画しました。

　3人を乗せた列車がサン・ポルダヴィーン駅に到着したのは、夕ぐれまえでした。
　「空があやしくなってきたわね！」重くたれこめた雨雲を見て、カーロがいいました。夜になると、滝のような雨がふり、雷まで鳴りだしました。
　「1…2…3！　3秒」カーロは、稲光がピカッと光ってから、雷がゴロゴロと鳴るまでの時間をはかりました。
　兵舎に落雷があったと、翌朝のラジオのニュースが伝えました。
　「行ってみよう！」フィリップの声かけで、宿で朝食をとったあと、3人はタクシーに乗りました。カーロは、車のなかできっぱりといいました。
　「そんなはなれた場所に雷が落ちたなんて、ありえないわ！」

問題▶▶なぜカーロは、そう確信したのでしょう？

2　犯行現場

「それって、かんたんなことよ」カーロは、おどろいているなかまたちに説明しました。「稲光と雷鳴のあいだの時間差は、たった3秒しかなかったの。音は1秒間に330メートルの速さで伝わるから、雷が落ちたとしても、わたしたちが泊まってたところから1キロぐらいのはず。道路標識を見たでしょ。兵舎は、4.5キロもはなれているから、落雷があったなんておかしいわ！」

フィリップとフローは、カーロのすじのとおった説明に感心しました。

兵舎に着いてみると、ラジオのニュースはたしかにまちがいだったことがわかりました。警報サイレンが作動しなくなっていましたが、それは雷のせいではありません。カーロは、古びた外壁をつたって屋根まではられた電線が、とちゅうで、ぷつりと切断されているのを発見したのです。いったい、どういうことでしょう？

指揮官の部屋に行ってみると、下着すがたの兵士がこまった顔をして立っていました。ロッカーから制服がぬすまれたというのです。そのときです、指揮官の電話が鳴りました。武器庫のガラスのショーケースが、何者かによってやぶられたという知らせでした。くろグミ団の子どもたちは、さっそく現場を見せてもらいました。

まもなく、フローは、あるものがぬすまれたことに気がつきました。

問題▶▶ぬすまれたのはなんでしょう？

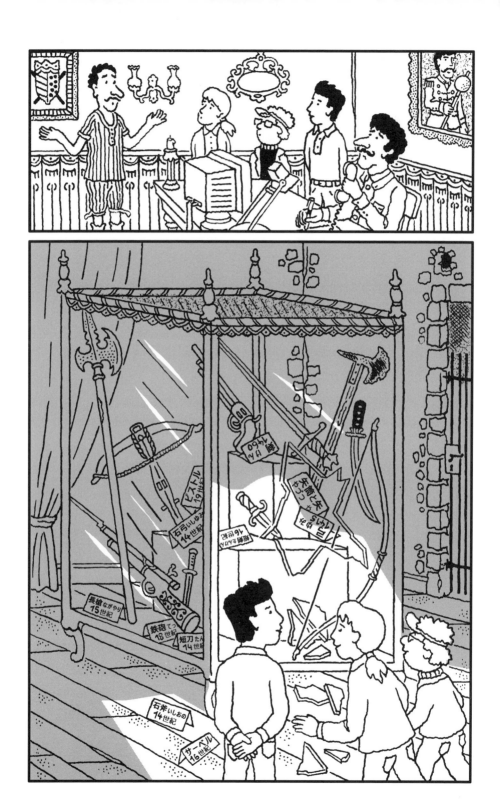

3　偽造許可証

「見て。犯人は、矢筒と矢をぬすみだしたんだ」散らかったラベルとショーケースのなかに残っている武器とを、ひとつずつつき合わせたあとで、フローがいいました。

「どうしてこんなことが、おこったんだ？　許可証を持たない者が、武器庫に、はいるはずないだろう！」と、指揮官が武器庫責任者にかみつくようにいいました。

「はい、しかしゆうべ、さいごにはいった者は兵士の制服すがたでしたし、許可証も持っていたのです」と、武器庫責任者は申しわけなさそうに答え、指揮官の鼻先に提出された許可証をかざしました。

「ふーむ」と、指揮官は言葉につまりました。「こんな、ばかなことがあるか！　たしかに侯国のスタンプも押されている」

指揮官は、くろグミ団に許可証を見せてくれました。勘のするどい子どもたちのことは、サン・ポルダヴィーンでもすでに知られていたからです。そんなわけで、フィリップ、フロー、カーロは捜査にくわわることになりました。

3人は、犯人がどうやって許可証を手に入れたのかを考えながら、旧市街の階段をかけおりていました。

「ちがいを見つけたわ！」ファンファーレの音に足をとめて、カーロがつぶやきました。このしゅんかん、フィリップも、はっと気がつきました。

「わかった、あの許可証は、にせ物なんだ！」

問題▶▶カーロとフィリップは、なにに気がついたのでしょう？

4 目撃者からの連絡

「見たかい、トランペットにさがってるサン・ポルダヴィーンの旗」と、フィリップが勝ちほこったようにいいました。「あれが本物の図で、塔の出っぱりが4つある。だけど、さっきの許可証のスタンプには出っぱりが3つしかなかった」

侯爵カロルス2世を訪問してあいさつをしたとき、くろグミ団はそのことを話しました。

「たしかに、それはおかしいね」と、侯爵はみとめました。「これは、遠い昔のことだが、あなた方には話しておいたほうがよさそうだ。この侯爵領では、1627年の統治以来、毎年3月21日に祝祭をおこなってきた。クライマックスは石弓の競技会でね、もとは9つの地方すべてが参加したんだが、ある事件のせいで、今じゃ8つの地方になっている。つまり、こういうことなんだ。ある年、その事件はおきた。ある地方の、黒い石弓を持った射手があらわれ、その男の放った黒い矢が、わたしの祖先コンラディン1世の目のまえに飛んできて、祝宴のテーブルにおかれたカボチャに突き刺さったんだ。しかもその矢には、強力なくしゃみ粉がついていたらしい。というのも、気の毒なことに、コンラディン1世は、それ以来くしゃみが止まらなくなって、『くしゃみ卿』というあだ名がついたんだ。その射手は、黒い石弓とともに消えうせた。けれど、そのとき黒い矢が5本はいった矢筒を落としていったので、兵舎の武器庫に保管していたというわけだ。まさに、きのうぬすまれるまでね」

すぐに、どろぼうの目撃情報がはいりました。自宅のアーチ型の窓から、むかいに見える兵舎の壁をよじ登っている男を見たというのです。くろグミ団は塔の上から街をながめました。フローはたちまち、目撃者の家がどこにあるかを見つけだしました。

問題▶▶目撃者は、どの家に住んでいるのでしょう？

5 するどい観察

「かんたんさ」と、フローは、なかまたちにいいました。「目撃者の家は、1768と書かれているあの家にちがいないよ。このあたりで、むかいに兵舎が見えるアーチ型の窓は、あそこだけだもの！」

「すぐに行ってみましょう！」と、カーロ。

くろグミ団は、入口の階段をかけあがって、ドアをノックしました。でも、だれも開けてくれません。フィリップは、慎重にドアのハンドルを押しさげました。

「おやおや、鍵がかかってないぞ。あの……だれかいませんか？」

3人は、小さな玄関ホールから、まっすぐバルコニーのある部屋へ進みました。

「だれもいないみたいだね」フローがぐるりと見まわしていいました。

「いや、そんなことない」と、フィリップが反論しました。「だれかいた。ぼくたちが来たとき、間一髪のところで、逃げたんだ！」

問題▶▶フィリップは、なぜそう思ったのでしょう？

6　無言の目撃者

「ほんとうだ。外の階段をあがってくるときは、バルコニーの手すりに竜舌蘭の鉢が3つならんでたけど、まんなかの鉢がなくなってる！　バルコニーから逃げたのね。でも、いったいどういうこと？」カーロが、興奮していいました。

くろグミ団は、なにか手がかりがないかと、庭に走りでました。

「いそいで、早くこっちに来て！」カーロがさけびました。バルコニーの下に、男の人がぐったりと横たわっているのが見えたのです。

「ああ、よかった。気をうしなってるだけだよ！　たぶん、この家の人だろう」と、フィリップがいいました。

「意識がもどるまで、もうしばらくかかるな」と、フロー。そばには、植木鉢がころがっています。

フィリップとフローがその人の世話をしているあいだ、カーロは庭をじっくり見まわしました。

「見て！　手がかりになりそうなものがあったわよ」とつぜん、カーロが声をあげました。

問題▶▶カーロは、なにを見つけたのでしょう？

7　祝祭の日の朝

「兵士たちがブーツにつけてる、ポンポンかざりよ！」カーロは、金属製の門のまえにあるバラの木の枝に、それを見つけたのです。

「逃げたやつが、いそいでそこをとおったときに、バラのトゲにひっかけたんだな」と、フローが推測しました。

まもなく、男の人は意識をとりもどしたものの、きのうの夜なにを見たのか、どうして自分がたおれていたのか、なにひとつ思いだせませんでした。くろグミ団は、手がかりになる情報をまったく得ることができませんでした。

翌日の朝、フィリップ、フロー、カーロは、古い建物のバルコニーから、旧市庁舎まえの広場をながめていました。今日はサン・ポルダヴィーンの祝祭です。兵士たちがおおぜい行き来しています。時計塔の鐘が鳴って、8時を告げました。行事の準備が着々と進められるなか、観光客の一団がやってきました。

「あそこを見て！」と、フローが指さしました。「ポンポンかざりのない兵士がいる！」

問題▶▶フローは、どの兵士のことをいったのでしょう？

8 割られた窓

「よし、いそげ！」と、フローがさけびました。その兵士は、ちょうど9番の家の階段下のアーチをくぐっていくところでした。

「ぐうぜんなんかじゃない。あの兵士、たしかに左足のブーツのポンポンかざりがなかった」と、フィリップもうなずきました。くろグミ団は、兵士のあとを追って、風のように広場を横切りました。ココは大声で鳴きながら、先に飛んでいきました。

「あーあ、逃げられちゃった！」と、カーロがうめき声をあげました。

くろグミ団がふたたびカロルス2世によばれたのは、きっかり11時43分でした。侯爵は、不安げな面持ちで探偵たちをむかえました。執務室の窓が割られています。

「悪い前ぶれだ。この窓のステンドグラスは、コンラディン1世の戴冠式のようすをえがいたものなんだ。祝祭の日の朝に、こんなことがおこるなんて！」と、侯爵はため息をつきました。

「あ、あの……あれはなんでしょう？」フィリップが重大なものを発見し、口をはさみました。

問題▶▶フィリップは、なにを発見したのでしょう？

9　有力な手がかり

　フィリップは、ガラスの飾り棚のわきの黒い矢に気がついたのです。しっくいの壁に突き刺さっているその矢には、紙が射抜かれていました。
「退位の日　来たらん……」侯爵が紙を見て、大声で読みあげました。
「まったく、なぞだ！」と、フローがいいました。
　とはいえ、そこにいた人はみんな、その矢がきのうの事件と関係があるのではないかと考えていました。
「これは、たしかに、武器庫からぬすまれた黒い矢だ」と、カロルス2世がみとめました。「黒い石弓の呪いが、くりかえされる……」
侯爵は、自分で自分の言葉に身ぶるいをしました。

「わたしたち、なんとしても、犯人をつかまえなくっちゃ！」旧市街を歩きながら、カーロがいいました。人びとは、すっかりお祭り気分で浮かれています。
「わあ、びっくり！」とつぜん、カーロがさけびました。「黒い矢のはいった矢筒が見えたわよ」

問題▶▶矢筒はどこにあったのでしょう？

10　双眼鏡で見る農家

　カーロは、カフェの建物の右奥のアーチ門から出ていく馬が、問題の矢筒をつけているのを目にしたのでした。
　くろグミ団は、人ごみをかきわけて追いつこうとしましたが、なにしろ相手は馬に乗っています。市街地をとびだしぐんぐんと距離をひろげ、細い一本道を走っていってしまいました。

　「やつは、あそこにいるにちがいない」フローは双眼鏡をのぞき、ぽつんと建っている1軒の古い農家にねらいをさだめていました。街のはずれから見えるのは、いちめんの畑とその農家だけだったのです。
　3人は、しばらくその家を見張ることにしました。
　「やつは、もうとっくに、遠くへ行っちゃったんじゃないかなあ？」と、フィリップがいいました。
　「おっと、あれはなんだろ？」とつぜん、フローがさけびました。「畑になにかある！」
　3人はかけだしました。
　「これ、ヒバリの巣だよ」と、フィリップがいいました。「ヒバリは、巣をこういう畑や草原につくるんだ。この4個の卵、親鳥があっためて孵化するまで2週間はかかるね。さわっちゃだめだよ」
　フローとカーロも納得しました。3人はめずらしい巣に見入りました。

　「それで、農家のようすはどうかな？」と、フィリップが声をかけました。
　フローはあわてて立ちあがり、双眼鏡をのぞきました。
　「おや、だれも見えないけど、やっぱり、やつはあそこにいたにちがいない！　家を見にいこう」

問題▶▶フローには、なぜそんなに確信があったのでしょう？

11　祝祭パレード

「屋根裏部屋で、なにがあったんだろう？」と、フローが口にしました。フローは、だれかが滑車を動かしたのではないかと、考えたのです。

　フィリップ、フロー、カーロは、その家のうらで見つけたはしごで、屋根裏部屋によじ登りました。おどろいたことに、探偵たちがそこで見つけたのは、兵士の制服でした。兵舎からぬすまれたものにちがいありません。じっさい、騎手はしばらくそこにかくれていたのです。祝祭の時間は刻々とせまっています。滑車のなぞは解けないまま、犯人もすがたを消したままでしたが、3人は制服を持って街へもどりました。

　祝祭は、伝統衣装を着た人たちのパレードではじまりました。おおぜいの農民、兵士、小姓が、貴族たちにしたがって行進しています。貴族たちは、サン・ポルダヴィーンの9つの地方を代表するお姫さまたちと、それぞれペアを組んでいました。パレードは、円形闘技場の跡地にむかって進んでいきます。

　くろグミ団は、街の外壁の上から見物しました。

　「おかしいな」フィリップが、なかまたちに声をかけました。「お姫さまが1人、足りないよ！」

問題▶▶どこの地方のお姫さまがいないのでしょう？

12　石弓の競技会

「見ろよ、フラヴィアのお姫さまがいない。どうしたんだろう？」と、フィリップ。少したってから、フラヴィアのお姫さまがあらわれて、パレードの列にくわわりました。

「へんだぞ。なにかあったんじゃない？」と、フロー。

答えは、思ったより早くわかりました。お姫さまは、とちゅうで伝説の黒い石弓の射手の再来に出くわし、恐怖のあまり気を失っていたというのです。

その事実が明らかになると、たちまち警護の衛兵の群れが出てきました。射手はすがたを消したままです。

警戒態勢がしかれるなか、石弓の競技会がおこなわれました。各地方の射手が無事に矢を放ちおえ、まもなく優勝者が決まりました。

「ねえねえ、だれが優勝したの？」と、フローがきくと、

「あの人よ、あそこにいるわ！」と、カーロが答えました。

問題▶▶優勝したのはどの人でしょう？

13 祝宴

　石弓の競技会の優勝者は、もうすこしで広葉樹のかげにかくれるところでした。伝統にならい、つづいて、優勝者を称えて祝宴がもよおされました。射手と貴族たち全員が、カロルス2世の食卓に招かれ、席につきました。
　華やかなファンファーレが高らかに響き、いよいよ宴の開始です。祝辞をのべる人が、立ちあがりました。
　「サン・ポルダヴィーン万歳！　われらが侯爵カロル…」とつぜん言葉がとぎれました。シュッという音をたてて、矢が1本、飛んできたからです。
　群衆のあいだに、ざわめきがおこりました。
　「黒い矢だ！　侯爵のまえのカボチャに命中した！」と、フィリップがさけびました。
　「いそげ！　矢が飛んできた方向をたどれば、黒い石弓の射手を見つけられる。ぼくには、もうわかったぞ、どこをさがしたらいいのか」と、フローがかけだしました。

問題▶▶フローは、射手がどこにいると考えたのでしょう？

14　黒い石弓の射手を追って

　フローは、黒い石弓の射手は2頭立て馬車の荷台にかくれている、と推測したのです。フィリップとカーロもいっしょに、馬車にかけ寄りました。
　防水シートをひきはがしたとたん、黒い石弓の射手が、すっくと3人のまえに立ちあがりました。そしてつぎの瞬間、射手は馬車からとびおり、門のアーチをぬけ、旧市街の複雑に入り組んだ小路に、まんまとすがたをくらましたのです。くろグミ団は、衛兵の一隊と合流し、射手のあとを追いました。

　フィリップ、フロー、カーロは、エーギジュース広場までやってきました。そこでは、祝祭のイベントとして、露天の市がひらかれていました。コーッコッコとさわぐメンドリや、仮装した竹馬の乗り手、甲冑をつけた騎士まであらわれ、3人はゆくてをさまたげられました。
　「もう！　また逃げられちゃった」と、フローががっかりしていうと、
　「いいや、こっちに来て。ぼくたち、もうすこしここにいる必要があるよ！」と、フィリップがうながしました。重要なものを発見したからです。

問題▶▶フィリップは、なにを発見したのでしょう？

15　ライオンの噴水

　黒い仮面。フィリップは、それが騎士の近くの石だたみに落ちていたのを見つけたのです。くろグミ団は、衛兵たちとともに、小路へはいっていきました。

　「あそこにいた！」フィリップは、ライオンの噴水近くの角をまがる人物を見のがしませんでした。

　「あれれ、たったいま見たのに。あとかたもない！」と、フィリップは、ひどくがっかりしていいました。

　長槍で武装した衛兵たちが、周囲の家々をくまなくさがしましたが、むだでした。黒い石弓の射手は、すがたを消したままです。かといって、どこに逃げ道があるというのでしょうか。

　「どこかに秘密の通路があるにちがいないわ」カーロが探偵の勘をはたらかせていいました。カーロはあとに引かない強い気持ちで、ごつごつした岩壁に近づきました。そして、岩壁に小さな割れ目を発見したのです。ひょっとすると、ここを開くことができるかもしれません。

　「わかった！」しばらくしてから、カーロが声をあげました。「どうやれば、この岩を開けられるかが！」

問題▶▶カーロは、なにに気がついたのでしょう？

16　鍾乳洞のなか

　カーロは、噴水のまわりにある石造りのライオンのひとつが動かせることを、発見しました。さっき遠くから見たとき、そのライオンの頭は90度回転していましたが、おそらく黒い石弓の射手がぐるりとやったにちがいないと考えたのです。探偵たちが噴水に到着したとき、ライオンの頭はすでにもとどおりの位置にもどっていたからです。

　カーロは、ライオンの頭を90度まわしてみました。すると、おどろいたことに、岩壁のわずかな割れ目が開いたのです。人間が1人とおるのに、じゅうぶんな幅でした。

　「開いた！」フローはとびあがって、いちばんにすべりこみました。フィリップとカーロ、それから兵士たちが、あとにつづきました。

　なかへはいっていくと、まるで別世界のような鍾乳洞につながっていました。衛兵たちの長槍は役立つどころか、じゃまなお荷物です。暗闇のなか、フローは石だらけの道を、つまずきながらおりていきました。

　せまい板の橋をわたると、物置つきの小さな箱型の家があらわれました。

　「やつは、ここにいるのかな？」と、フィリップがいいました。

　フローは、クスクス笑いました。射手を見つけたからです。

問題▶▶黒い石弓の射手は、どこにかくれていたのでしょう？

17　水中のかくれ場

　射手は、ウッドデッキを支えている右角の柱にしがみついていました。頭だけが水中からのぞいています。
　「あそこにいるよ！」フローは、なかまたちに告げました。その声は、鍾乳洞のなかでいくえにも反響し、つづいて板の上を歩く足音が響きました。
　フィリップと、カーロ、衛兵たちもかけつけました。黒い石弓の射手をとり押さえるまで数秒です。
　これで、矢と矢筒をぬすんだ犯人は逮捕され、事件は解決する、とだれもが思いました。ところが、黒い石弓の呪いは終わらなかったのです。それは、つぎの巻でのお話です。

くろグミ団は名探偵 石弓の呪い
ユリアン・プレス作・絵

2016年8月4日　第1刷発行
2022年9月15日　第4刷発行

訳　者　大社玲子
発行者　坂本政謙
発行所　株式会社 岩波書店
　　　　〒101-8002 東京都千代田区一ツ橋 2-5-5
　　　　電話案内 03-5210-4000
　　　　https://www.iwanami.co.jp/

印刷・理想社　カバー・半七印刷　製本・中永製本

ISBN 978-4-00-116002-4　NDC 943　128p.　23cm　Printed in Japan

岩波書店の児童書

◆ 絵解きミステリーで探偵力アップ！ ◆

岩波少年文庫
くろて団は名探偵
ハンス・ユルゲン・プレス 作　大社玲子 訳
小B6判・並製　定価748円

くろグミ団は名探偵
- カラス岩の宝物（いわ／たからもの）
- 石弓の呪い（いしゆみ／のろ）
- 紅サンゴの陰謀（べに／いんぼう）
- S博士を追え！（エス／はかせ／お）
- 消えた楽譜（き／がくふ）

菊判・並製・128頁
各定価1430円

ユリアン・プレス 作・絵　大社玲子 訳

岩波書店　定価は消費税10％込です。　　　　　2022年9月現在